Underdanig Kokk og andre historier

Erika Sanders
Serie
Dominans og erotisk underkastelse

Synopsis

Denne boken består av følgende historier:
Underdanig Kokk
Forrådt
Bedre en trekant

Underdanig Kokk er en roman med sterkt erotisk BDSM-innhold og på sin side en ny roman som tilhører Erotic Domination-samlingen, en serie romaner med høyt romantisk og erotisk BDSM-innhold .

(Alle karakterer er 18 år eller eldre)

Merknad om forfatter:

Erika Sanders er en kjent internasjonal forfatter, oversatt til mer enn tjue språk, som signerer sine mest erotiske skrifter, langt fra sin vanlige prosa, med pikenavnet sitt.

Indeks

UNDERDANIG KOKK OG ANDRE HISTORIER
ERIKA SANDERS

UNDERDANIG KOKK

FØRSTE DEL
GENSIDIG SAMTYKKE

KAPITTEL 1

Brevet var en velsignelse.

Jeg klarte knapt å holde tårene tilbake.

Cristina hadde nettopp fullført kulinariske studier, og hennes nye cateringvirksomhet fikk en vanskelig start.

Han sto i sin lille leilighet og gjennomgikk hvert ord i det håndskrevne brevet.

Kjære cristina,

Jeg håper dette brevet når deg. Unnskyld meg, men jeg bruker ikke e-post. Og jeg liker generelt ikke telefonsamtaler. Jeg er ute av moten.

Jeg er en bekjent av moren din. Vi møttes kort på en felles venns fest for flere uker siden. Moren din nevnte tilfeldig cateringvirksomheten din flere ganger. Jeg tenkte på det og det høres interessant ut. Jeg har aldri ansatt en cateringfirma før.

Er du interessert i en ny kunde, ta kontakt med meg så kan vi kanskje lage en avtale. Jeg er en forferdelig kokk. Og jeg hørte at du er veldig flink.

Beste ønsker og lykke til med virksomheten din,

Paul

Til slutt, tenkte hun. Lykke begynte å komme hans vei.

KAPITTEL 2

En uke senere.

Cristina kjørte gjennom det velstående nabolaget i sin gamle, oppkjørte bil.

Han vakte tydelig oppmerksomhet, men han brydde seg ikke.

Jeg var glad for å være i dette nabolaget for en potensiell jobb.

Han parkerte ved inngangen til adressen de hadde oppgitt til ham.

Jeg ante ikke hvordan Paul så ut.

Deres eneste virkelige interaksjon var en kort telefonsamtale for å sette opp møtet.

Cristina banket på døren.

En eldre svart kvinne reagerte.

Kvinnen hadde på seg et hushjelpantrekk.

Kvinnen forble merkelig stille mens de så på hverandre.

"Hei," sa Cristina keitete. "Jeg er her for å se Paul."

Den gamle svarte kvinnen nikket.

"Kom inn her."

Cristina kom inn og hushjelpen lukket døren.

Hushjelpen førte henne opp trappene i et ganske stort hus.

Cristina så seg rundt med øynene fulle av misunnelse.

Alt var gammelt, mørkt og rustikk.

Det var antikviteter overalt.

Klassiske malerier ble vist på veggene.

De kom til en gang og hushjelpen åpnet en dør etter å ha banket først.

Cristina kom inn, så dro hushjelpen.

Det var et kontorrom.

Paul satt bak skrivebordet og jobbet.

Han var en kjekk mann på rundt 40 år.

Han hadde et steinlignende uttrykk i ansiktet som var umulig å lese.

Ansiktet hans var perfekt for poker.

Ansiktet hans forble uttrykksløst.

«Vennligst ta plass,» sa han.

Cristina ble skremt av hans tilstedeværelse og hennes egen mangel på forretningserfaring.

Jeg hadde aldri avsluttet en avtale før.

Hun satt foran skrivebordet sitt.

"Du må være ny på denne linjen," sa hun.

"Hvorfor sier du det?"

"Jeg kunne føle nervøsiteten din når du kom inn. Du bør prøve å slappe av. Ikke bekymre deg, jeg er her for å hjelpe deg med det du trenger."

Hun ga et pinlig smil.

"Jeg skal ha det i bakhodet."

"Ok. Fortell meg nå om cateringvirksomheten din."

«Vel, det er fortsatt ganske nytt,» sa han etter litt ettertanke. "Jeg kan tilberede måltider for å møte dine spesifikke preferanser. Hvis du trenger catering til en fest, kan jeg ansette flere folk. Jeg har mange venner fra kulinarisk skole."

"Det vil ikke være nødvendig. Jeg vil heller at du jobber alene. Det er mindre trøbbel på den måten."

Cristina nikket på hodet.

"Jeg antar at du bor alene og vil at jeg skal lage mat til deg?"

"Veldig smart."

"Hadde du en bestemt avtale i tankene?"

«Det kommer an på», svarte Paul. "Er du opptatt? Er du opptatt?"

Hun ga ham et flau smil.

"Tvert imot. Du er min første virkelige klient. Jeg har gjort småting her og der. Hovedsakelig for vennene til min mor som gjorde meg en tjeneste."

"Vil du ha gratis forretningsrådgivning? Avslør aldri en svakhet. Høres ikke bra ut."

"Å, visst. Jeg skal huske."

"Når det gjelder en avtale," svarte Paul. "Kan du lage mat til meg? Lunsj og middag."

"Jada. Det vil ikke være noe problem."

"Utmerket. Jeg vil gjerne ha måltider levert til huset mitt klokken 11:30 om morgenen skarpt. Mandag til fredag."

"Selvfølgelig," sa hun enig.

"Denne avtalen vil i det minste vare i de neste månedene. Noen av oss har muligheten til å kansellere avtalen når som helst. Forstått?"

"Ja jeg forstår."

"Utmerket."

"Har du noen matpreferanser?" spurte Cristina. "Mine spesialiteter inkluderer fransk, italiensk og forskjellige asiatiske stiler..."

Han ristet på hodet.

"Det spiller ingen rolle. Bare ta henne inn i tide."

"Vi vil."

"La oss nå diskutere tallene. Hvordan høres $100 per dag ut for deg? Er det rettferdig?"

Cristinas øyne ble store.

Arbeidet og beløpet som ble tilbudt var mye mer enn jeg forventet.

Hun skjønte at hun måtte se dum ut med et valpeuttrykk i ansiktet, så hun tok fatet tilbake.

«Det høres fornuftig ut», svarte han rolig. "Ja, det er greit."

"Da er det ordnet. Kan du begynne i morgen?"

"Ikke noe problem. Men er du sikker på at du ikke vil prøve maten min først?"

"Ærlig talt, jeg bryr meg ikke om smaken av mat. Du gikk på kulinarisk skole. Det er bra nok for meg. Jeg vil ikke bekymre meg for mat mens jeg jobber."

Cristina nikket på hodet.

"Ok. Jeg forstår. Kan jeg spørre hva du gjør? Huset ditt er vakkert. Jeg elsker den rustikke følelsen."

"Jeg har gjort flere ting i livet mitt. I disse dager er jeg kunsthandler. Jeg driver også med sjeldne antikviteter. For øyeblikket fokuserer jeg på å skrive."

"Hva skriver du?" hun spurte.

"Et memoar. Jeg påstår ikke at jeg er kjent eller viktig. Men jeg har noen historier å dele. Det ville vært synd om ingen hørte dem. Jeg jobber også med noen skjønnlitterære bøker."

"Å, det høres interessant ut. Kanskje jeg kan lese dem en dag. Jeg elsker å lese biografier og memoarer."

Paul smilte litt.

"Jeg tror ikke du vil være interessert."

"Hvorfor ikke?"

"Det er en gjetning. Men hvem vet? Noen ganger tar jeg feil om disse tingene."

«Ok,» nikket Cristina keitete.

Paul reiste seg og gikk mot Cristina.

Hun forsto og reiste seg også.

Paul var nesten en fot høyere enn henne.

Fysikken hans ruvet over Cristinas tynne, petite kropp.

Han rakte ut hånden og de håndhilste.

"Vi har offisielt en avtale," sa han. "Jeg forventer det første settet med måltider i morgen kl. 11.30 om morgenen. Ikke kom for sent. Jeg tolererer ikke ulydighet."

Hun svelget.

"Ja sir."

KAPITTEL 3

Cristina var fortsatt imponert over møtet med Paul.

Han la seg på sengen og så i taket.

Tilbudet virket for godt til å være sant.

Det var nesten ikke til å tro.

Men jeg var redd det hadde vært en grusom spøk, tenkte jeg.

Han tok opp telefonen og ringte moren.

Moren hans svarte alltid på anropene hans på bare noen få ring.

Da han tok telefonen, kastet Cristina ikke bort tiden og forklarte ham alt.

Ingen detaljer ble spart på.

Cristina fortalte moren sin alt om tilbudet og alle følelsene hun hadde da hun møtte Paul.

"Det er fantastisk," svarte moren hennes.

"Jeg vet. Det er litt sprøtt, ikke sant? Men jeg vil ikke tro noe av dette før pengene dine er i min hånd. Inntil da ser jeg for meg det verste."

"Fokuser på positive tanker, Cristina. Virksomheten din tar endelig fart."

"Jeg håper det. Jeg mener, $100 per dag for to måltider? Selv om han sparker meg neste uke, vil jeg fortsatt være glad for at jeg tjente så mye penger."

"Jeg ville ikke bekymret meg for det."

"Hva mener du?" spurte Cristina.

"Tilsynelatende har Paul gode økonomiske reserver."

"Jeg skjønte det. Huset hans var som et museum."

"Der har du det. Du trenger ikke å bekymre deg for at økonomien hans tørker opp. Bare hold ham fornøyd med gode måltider, god service, og ikke kom for sent."

"Hva vet du om den fyren?" spurte Cristina i en mer alvorlig tone. "Det virker litt rart, gjør det ikke?"

Moren tenkte seg om et øyeblikk.

"På en eller annen måte. Jeg møtte ham bare én gang på en fest. Han er en veldig smart fyr. Ingen tull. Rett frem."

"Det er definitivt ham," spøkte Cristina.

"Ikke undervurder ham, men. Han er tilsynelatende en kjæreste med damene."

"Egentlig?"

"Det er det jeg har hørt. Sørg for å holde deg unna den uimotståelige sjarmen hans," spøkte han.

"Veldig morsomt," svarte Cristina. "Definitivt ikke min type, men. For gammel. Og for kjedelig."

"Jeg er glad for at virksomheten din har fått en god start."

"Vi får se."

"Fokuser på positive tanker, Cristina."

KAPITTEL 4

Ukene gikk.

Cristina hadde allerede forberedt dusinvis av måltider for Paul.

Og hun hadde tjent tusenvis av dollar i løpet av den tiden.

Den daglige rutinen var alltid den samme.

Stå opp tidlig om morgenen.

Kokk.

Legg alt forsiktig i beholdere.

Ta ham med til Pauls hus før 11:30 om morgenen.

Kom aldri for sent.

Og aldri være ulydig.

En dag ble Cristina bedt om å lage lunsj, som hun hadde tatt med, på en tallerken på kjøkkenet.

Så hun gjorde det.

Det var første gang jeg utførte oppgaver på Pauls kjøkken.

Hun var stolt av maten sin.

Han visste at det smakte godt, selv om Paul aldri hadde komplimentert ham for det.

Han kom ned trappene i uformelle klær.

Som alltid var ansiktet hans nesten uttrykksløst.

Han så på maten som ble presentert på spisebordet og gadd ikke å kommentere det.

"Skal jeg gå nå?" spurte Cristina keitete.

"Bli et øyeblikk. Det er noe jeg vil spørre deg om."

"Vi vil."

Paul satt ved spisebordet mens Cristina ble stående.

"Hvilke andre tjenester tilbyr du?" spurte. "Foruten å lage mat."

Cristina ble overrasket og sto på sitt.

Han forberedte seg på flere fremskritt.

Jeg var forberedt på seksuell trakassering.

"Jeg tilbyr ærlig catering. Jeg lager gourmetmåltider. Det er alt. Hvis du leter etter andre tjenester, foreslår jeg at du ser andre steder."

"Og hvorfor det?" spurte han strengt.

"Ærlig talt, du er ikke min type."

"Du er ikke min type heller."

Hun følte seg enda mer fornærmet.

"Se, jeg synes ordningen vår fungerer bra. La oss beholde det slik. Noe annet kommer ikke til å fungere."

"Tror du jeg ber om seksuelle tjenester?" spurte.

Cristina frøs.

"Er det ikke slik?"

"Jeg tror det ikke."

Ansiktet hans ble rødbete.

"Å, jeg beklager sir."

«Glem det», svarte han. "Jeg spør fordi hushjelpen min går av med pensjon snart. Hvis du har ekstra tid, kan du kanskje hjelpe meg med rengjøringsoppgavene mine."

"Hva burde jeg gjøre?"

"Ikke noe vanskelig. Vask oppvasken. Hold alt rent."

— Det må jeg tenke på.

«Du vil bli godt kompensert, selvfølgelig», svarte han. "Og ikke bekymre deg, jeg vil ikke be deg om sex. Du er ikke min type."

Hun rødmet igjen.

"Jeg beklager tidligere. Men jeg skal vurdere det. Hvorfor ikke?"

"Vennligst vurdere tilbudet. Arbeidet mitt går knirkefritt, og jeg vil sette pris på litt hjelp med vedlikehold av hjemmet."

"Du går ikke mye ut, gjør du?"

"Jeg har allerede reist verden rundt og sett alt," svarte han. "I denne delen av livet mitt fokuserer jeg på å skrive. Noen ganger går jeg ut. Jeg elsker fortsatt å trene. Men jeg vil ikke bekymre meg for vedlikehold av husholdningen. Du virker som en dyktig ung kvinne, så jeg tilbyr deg ekstra arbeid."

Cristina nikket på hodet.

"Det er veldig sjenerøst av deg."

"Med de ekstra pengene kan du kjøpe deg en ny garderobe og en ny bil."

Hun følte seg litt opprørt av den kommentaren.

"Jeg forstår. Jeg trenger penger. Du trenger ikke å gni det i ansiktet mitt."

"Jeg prøvde ikke å gjøre det."

"Ok. Jeg skal gjøre det. Jeg skal gjøre noen ekstra rengjøringsoppgaver for deg."

"Utmerket," svarte han med et sjeldent smil. — Vi vil diskutere bakken senere.

Hun gikk bort til Paul og rakte ut hånden for et håndtrykk.

Paul reiste seg som en gentleman og håndhilste på henne.

Avtalen ble forseglet.

ANDRE DEL
DEN LUKKEDE DØREN

KAPITTEL 5

Cristina klarte å finne noen andre kunder for noen småjobber.

Men det meste av arbeidet hans ble gjort for Paul.

Hun tilberedte måltidene sine hver dag i uken.

Over tid begynte hun å gjøre mer arbeid for ham.

Hun gjorde små rengjøringsjobber for litt ekstra penger.

Cristina hadde alltid vært en uorganisert person når det kom til husarbeid, så hun syntes det var ironisk at hun gjorde husarbeid for noen andre.

Men pengene var gode, så han brydde seg ikke.

Retter måtte ryddes og ordnes på en bestemt måte.

Vinduene måtte være plettfrie.

Møblene måtte være fri for støv.

Paul vasket gulvene selv.

Paul var en veldig spesiell person.

Og disse egenskapene gjorde Cristina gal noen ganger.

Men pengene var gode.

På en måte var Cristina stolt over å hjelpe Paul.

På en merkelig måte følte jeg at jeg hjalp Paul med å nå målet hans om å kunne skrive bøkene hans.

Hun brydde seg om ham som person.

KAPITTEL 6

Spisebordet var ryddig.

Lunsjen var klar.

Cristina så på tallerkenen og beundret hennes vakre arbeid.

Kulinarisk skole hadde vært verdt det.

Han kunne ikke vente på at Paul skulle prøve det, selv om Paul aldri ga komplimenter.

Paul var uvanlig sent ute til middag.

Han var aldri sen.

Døren oppe var litt åpen og Cristina lyttet til tastaturet som ble brukt rasende.

Hun visste at han fortsatt var opptatt.

Hun gikk mot trappen og tenkte på om hun skulle ringe ham eller ikke.

Hun ønsket ikke å avbryte arbeidet.

Men hun visste at Paul var en mann som trengte orden.

Kanskje du har mistet oversikten over tid?

Så så hun henne.

I nærheten av trappen var døren åpen, litt åpen.

Det var et rom som Paul hadde sagt var forbudt.

Paul ville at jeg skulle rydde alle rommene bortsett fra det rommet.

Cristinas nysgjerrighet nådde sitt høydepunkt.

Jeg kunne fremdeles høre Paul skrive ovenpå.

Hun ville ta en titt på det hemmelige rommet.

Jeg ville vite Pauls små hemmeligheter , uansett hvor små.

Hun var interessert i ham.

Hun var interessert i mannen hun hadde tjent i flere uker.

Han tok noen rolige skritt mot døren.

Hun stakk hodet inn.

Rommet var mørkt.

Han skrudde på lysbryteren og rommet var sterkt opplyst.

Til Cristinas overraskelse var soverommet det minst elegante stedet i huset.

Men alt så ut som antikviteter.

Han gikk inn og så seg rundt.

Det var en rekke tre- og metallenheter.

Designene så ut til å være fra middelalderen.

Enhetene virket store nok til at en person kunne sitte eller legge seg på.

Flere pisker og lenker hang på veggen.

Det var mange tau på et bord i nærheten.

Cristina brukte fingeren til å ta på en metallenhet.

Hun ga ham fingeren og så på ham.

Fingerspissen var dekket av et fint lag med støv.

Rommet hadde ikke vært brukt på lenge.

«Du burde ikke være her,» sa Paul bakfra.

Cristina ble overrumplet av lyden av stemmen hans og hoppet.

Hun snudde seg for å se Paul stå ved døren.

"Å, jeg beklager."

"Sa jeg ikke at dette rommet er utenfor dine plikter?" spurte han og gikk uformell inn.

"Jeg vet. Men det var åpent og jeg var nysgjerrig. Jeg tenkte at du kanskje ville at jeg skulle rense den."

"Nei. Jeg hadde tenkt å rense den selv senere."

Cristina svelget.

"Maten din er klar. Det begynner å bli kaldt."

«Det kan vente», svarte han og gikk inn i rommet for å se på enhetene . "Du må lure på hva dette handler om."

"Det ser ut som et middelaldersk torturkammer."

"Du har nesten rett. Noen av disse tingene ble bygget for århundrer siden i middelalderen. Men ikke nødvendigvis for tortur."

"Så for hva?"

"Glede. Seksuell nytelse," svarte han rett ut.

Cristina ble overrasket.

"Jeg kan ikke forestille meg hvordan. Disse tingene ser så smertefulle ut."

"Det er poenget."

"Så de er bondage-enheter, i grunnen?"

Han nikket.

"Disse fetisjene har eksistert i århundrer. Kan du tro at disse enhetene ble bygget for kongelige familier og adel?"

"Jeg ville ikke bli overrasket. De fleste rike er litt fordervet."

Han hevet et øyenbryn.

"Inkluderer det meg?"

"Å, nei, jeg mente ikke deg," rygget hun raskt.

"Jeg bare tullet."

Cristina slappet av.

"Selvfølgelig. Så hvorfor er alle disse tingene innelåst i dette rommet? Hvorfor selger du dem ikke til et museum eller noe?"

"Kanskje en dag. Men foreløpig skriver jeg om dem i boken min. Jeg hadde også planer om å ta bilder av dem. Det var derfor rommet var åpent."

"Boken din må være interessant."

«Jeg håper det», svarte han. "Jeg har skrevet om sex. Den seksuelle dominansen og slaveriet."

Cristina hevet øyenbrynene.

"Virkelig? Du virker ikke som typen mann for sånt."

"Så hva slags fyr ser jeg ut som?"

"Jeg vet ikke. Soft. Strawberry. No offence."

«Ingen fornærmelse», svarte han. "Jeg var en veldig annerledes person for år siden. Jeg var ikke alltid så tilbaketrukket."

"Hva endret seg?"

Paul gned fingrene mot en metallenhet.

"Det er en lang historie. Du kan lese boken min når jeg er ferdig med å skrive den."

"Vel, jeg ser frem til det. Det høres ut som du har noen interessante historier å fortelle."

"Vet du hva en mester er?" spurte.

«Bare det grunnleggende,» trakk han på skuldrene. "En fyr som sjefer kvinner rundt. Pisker. Kjeder. Spanking. Sånt, ikke sant?"

"Soms. Jeg har vært en mester for mange underdanige kvinner. Vakre kvinner med mørke ønsker."

"Slo du dem?" spurte hun nysgjerrig.

"Noen ganger."

"Hva er galt med disse enhetene?" hun spurte. "Har du noen gang brukt dem på slavene dine?"

"Av og til. Men metodene er ikke viktige. Det handler ikke om spanking eller utstyr. Det handler om overgivelse. De gir meg kroppen sin. Og jeg gjør hva jeg vil med dem. Til syvende og sist er gleden gjensidig."

Cristina var stille et øyeblikk.

Han så Paul rett inn i øynene og visste at hvert ord han sa var sant.

Hun visste at det var noe Paul hadde erfaring med.

Hun visste at det var noe Paul lengtet etter å gjøre igjen.

"Maten din blir kald," sa han.

"Er det alt du bryr deg om?"

Hun frøs et øyeblikk.

"Vel, catering er det du ansatt meg for, ikke sant?"

"Du er en smart jente," sa han med et lett smil. "Jeg begynner å like deg."

Paul gikk bort og ga Cristina et vennlig klapp på skulderen.

Deretter snudde han og forlot rommet mens Cristina ble forvirret av det vanskelige møtet.

Hun fulgte ham inn i spisestuen og så ham spise.

KAPITTEL 7

Senere samme kveld.

Det var telefonsamtalen Cristina hadde fryktet ville komme de siste månedene.

"Som?!" spurte Cristina.

«Det er endelig på tide», svarte moren. "Din far og jeg vil ikke lenger støtte deg økonomisk. Vi føler at du er gammel nok til å ta vare på deg selv."

"Du skjønner at det er dyrt å bo i byen, ikke sant?"

"Kjære, ingen tvinger deg til å bo i byen. Du kan alltid flytte nærmere hjemmet og finne noe billigere å bo i."

«Nei takk,» sukket Cristina.

"Jeg vet ikke hvorfor du oppfører deg så overrasket. Jeg har advart deg de siste månedene. Da jeg var på din alder, jeg..."

"Tidene har forandret mamma. Har du sett nyhetene? Denne økonomiske situasjonen er vanskelig. Levekostnadene er gale"

«Men virksomheten din tar fart», svarte moren.

"Knapt."

"Du må være litt mer forretningskyndig hvis du vil lykkes. Det er så mange potensielle kunder i byen. Alt du trenger å gjøre er å finne dem. Du er en god kokk og et godt menneske. Jeg har tro på du, Cristina."

"Ja, du har rett. Jeg tenkte å ta kontakt med flere firmaer for å se om de trenger festbevertning."

«Det er entreprenørånden», svarte moren stolt.

"Hvis bare livet var så enkelt."

"Gode ting kommer når du er utholdende. Apropos det, jobber du fortsatt med Paul? Hvordan går det?"

"Det går bra," sa Cristina vagt.

"Vel? Er det det? Noen interessante detaljer?"

"Ikke egentlig. Jeg lager mat til ham fem dager i uken. Han betaler meg mye penger for tjenesten jeg yter. Han er en merkelig fyr."

«Se hvem som snakker,» spøkte moren.

"Morsom."

"Jeg bare tuller. Du har rett. Paul virker litt fjern. Men han er en smart fyr."

"Han er definitivt en interessant person," svarte Cristina. "Og han holder meg ansatt. Så jeg kan ikke klage."

"Det bør du heller ikke. Hvis du vil at virksomheten din skal vokse, bør du alltid la kundene dine være fornøyde. Det har alltid fungert for meg."

Cristina stoppet opp et øyeblikk.

"Du vet, du ga meg bare en idé."

"Jeg er ikke sikker på at jeg liker lyden av det."

"Takk mamma. Du er best."

"Vel, ta vare på deg selv, Cristina. Jeg støtter deg alltid. Jeg elsker deg."

"Jeg elsker deg også mamma."

Etter at samtalen var avsluttet, hadde Cristina en fast følelse av besluttsomhet.

Hun var fast bestemt på å lykkes uten foreldrenes hjelp.

KAPITTEL 8

Den neste dagen.

Cristina ventet oppmerksomt mens Paul spiste lunsjen sin.

Hun ryddet kjøkkenet og tok seg av litt husarbeid for ham.

Da Paul var ferdig med å spise, gikk hun tilbake til spisestuen og tok tallerkenen fra ham.

Før Paul hadde en sjanse til å gå, sto hun foran spisebordet med en respektfull holdning.

«Jeg har tenkt,» sa Cristina med hendene sammen. "Denne ordningen har virkelig fungert bra. Jeg har tatt meg av de fleste måltider og husarbeid , slik at du kan fokusere på arbeidet ditt."

Paul lente seg tilbake, vel vitende om at et frieri kom.

"Jeg er enig. Dette har fungert bra. Bedre enn jeg forventet."

"Så, hvordan ville du følt det hvis jeg ville utvide pliktene mine her? For ekstra penger, selvfølgelig."

"Du gjør allerede mer enn jeg trenger. Og jeg betaler deg allerede en ekstremt sjenerøs lønn."

"Jeg setter pris på det," sa Cristina høflig. "Men du ville ha mer nytte hvis jeg gjorde flere ting for deg. En kvinnes berøring er alltid nyttig for en enslig mann."

Paul tenkte seg om et øyeblikk.

"Det er et interessant poeng. Fortsett."

"Jeg er sikker på at det er mange andre ting jeg kan gjøre for deg."

"Som hva?"

Cristina var ettertenksom et øyeblikk.

"Vel, det er opp til deg. Kanskje jeg kunne renset de enhetene i det låste rommet. Det rommet var støvete. Jeg kunne gjøre litt ekstra rengjøringsarbeid. Og kanskje jeg kunne arrangere en fest for deg."

"Hvorfor er du plutselig så interessert i mer penger?" spurte Paul.

"Jeg tror du kan dra nytte av en kvinnes berøring. Tenk på alle festene du kan arrangere. Folk ville elske maten. Det sosiale livet ditt ville vært flott."

"Fortell meg sannheten. Hvorfor trenger du ekstra penger?"

Cristina stoppet et sekund.

"Foreldrene mine kommer ikke til å gi meg mer penger. Og husleien i denne byen er overveldende. Hvis det er noe annet du trenger at jeg skal gjøre her, så gjør jeg det gjerne."

Paul nikket sympatisk.

"Jeg liker deg som person, Cristina. Du jobber hardt og har det gøy å gjøre det. Men jeg kommer ikke til å gi deg gratis penger, spesielt når jeg allerede betaler deg pent."

«Jeg forstår,» svarte Cristina og prøvde å holde tristheten sin under kontroll. "Takk for at du lyttet til meg uansett. Jeg kommer tilbake i morgen."

"Jeg har ikke nådd mitt endelige punkt ennå," la han til. "Jeg skal prøve å tenke på noe. Noe som passer for dine ferdigheter og egenskaper. Når jeg finner noe, vil jeg gi deg beskjed, og du vil bli belønnet for det. Høres det rett ut?"

Hun smilte.

"Høres bra ut".

KAPITTEL 9

Dagene gikk.

Paul kom aldri med et tilbud.

Cristina spurte ham aldri fordi hun ikke ville være til bry.

Hun tilberedte Pauls lunsj som hun pleier.

Paul kom ned til spisestuen tidligere enn vanlig.

Han satt og ventet mens Cristina fortsatt forberedte alt.

«Det ser bra ut», sa han da Cristina tok med seg tallerkenen med mat.

Det føltes virkelig som et merkelig øyeblikk for ham å gratulere henne.

"Takk. Det er lammestek med en side av bakte grønnsaker."

Paul dro opp et sete ved siden av ham.

"Sett deg ned. Det er noe jeg vil diskutere med deg."

Cristina satt og ventet på hva han hadde å si.

"Jeg har tenkt på forespørselen din om mer arbeid," sa han. "Spesielt om behovet for et feminint preg her. Uansett, jeg skal gå rett til poenget, jeg kan bruke noen av dine som inspirasjon for mitt forfatterskap."

"Inspirasjon? Hvordan det?"

"Kanskje du kan posere for meg. Jeg har slitt med writer's block i det siste, og noe å se på kan hjelpe."

Cristina ga et bekymret uttrykk.

"Er du sikker på at du ikke vil at jeg skal arrangere en fest for deg eller noe? Det vil nok fungere bedre."

«Jeg er ikke interessert i å arrangere en fest», svarte han og lente seg tilbake i stolen. "Unnskyld, jeg spurte bare. Det var upassende."

Hun tenkte seg om et øyeblikk.

"Hvor mye penger vil du tilby?"

"Det kommer an på."

"Av?"

"Av arbeidet du skal gjøre," sa han. "Jeg har aldri ansatt en modell før. Men jeg vet at det ville hjelpe med skrivingen min."

"Å, vel, jeg skal ha det i bakhodet."

"Ikke gjør det. Det var en feil å spørre. Hvis du ikke har noe imot det, vil jeg gjerne spise nå. Jeg har andre ting å gjøre senere."

"Jeg vil gjøre det!" Cristina knipset.

"At?"

"Modellerjobben du tilbød meg. Ingen vil vite det, ikke sant? Det forblir strengt tatt mellom oss, ikke sant?"

"Det stemmer," sa han enig. "Det vil ikke være noen registrering av det. Jeg trenger bare inspirasjonen."

"Jeg er interessert."

Paul ga et lett sukk.

"Jeg tror ikke du forstår. Jeg var forhastet med tilbudet mitt. Jeg tror ikke min smak er for deg."

"Hvorfor ikke?"

"Fordi du så så ukomfortabel ut i dominansrommet."

Cristina ble litt overrasket.

Han skjønte plutselig at Paul lette etter inspirasjon til sine dominanshistorier.

Men uansett tenkte han på pengene.

"Jeg kan lære å være komfortabel med det," svarte hun. "Bare gi meg tid. Så lenge ingen vet, går det bra."

Paul ga ham et langt, skeptisk blikk.

"Som du ønsker. Møt opp her i morgen tidlig klokken halv åtte. Vi finner ut av ting fra da av."

"Takk skal du ha."

Cristina reiste seg og rakte ut hånden for et håndtrykk.

Paul strakte ut hånden hennes.

KAPITTEL 10

Senere samme kveld.

Cristina var på kjøkkenet og forberedte måltider til neste dag.

Hun visste at hun ikke ville ha tid til å gjøre det dagen etter, siden Paul forventet at hun skulle være der klokken halv åtte om morgenen.

Etter at alt var forberedt, så Cristina seg i speilet.

Hun lurte på om hun var pen nok til å modellere for Paul.

Han lurte på hvilke overraskelser som var i rommet.

Om det ville være søtt eller ikke.

Og han lurte på hvor mye penger vi snakket om.

Paul hadde alltid vært raus med økonomiske betalinger.

Mest av alt lurte han på hvor mye dominans Paul ønsket å se.

Cristinas rasjonelle side kontrollerte situasjonen: penger er bra.

Og ingen vil noen gang få vite det.

Min lille hemmelighet med Paul.

Hun kledde av seg og prøvde noen pene antrekk foran soveromsspeilet.

Til slutt bestemte hun seg for en enkel gul kjole.

Det var ikke så avslørende.

Og han var heller ikke så stolt.

Det var den rette midten.

Hun børstet håret og tenkte på hvor mye sminke hun skulle bruke.

Så hun bestemte seg for å ikke gjøre det.

Det ville gjøre situasjonen for vanskelig.

Alt var klart.

Hun var klar for jobb.

KAPITTEL 11

Morgenen neste dag.

Cristina dukket opp hjemme hos Paul kvart over åtte.

Hun ville være sikker på at hun var forberedt på forhånd.

Hun hadde på seg sin gule kjole.

Håret hennes var pent kammet og ansiktet var rent for sminke.

Hun var allerede naturlig pen.

Etter at Cristina plasserte beholderne med mat inne i kjøleskapet på kjøkkenet, satte de seg sammen i det private rommet, på treapparatene.

"Hva har du i tankene?" spurte Cristina.

"Det kommer an på. Hva er grensene dine?"

Cristina trakk på skuldrene.

"Jeg vet ikke. Jeg har aldri gjort denne typen ting før."

"Da må vi vel finne ut av det."

Cristinas øyne så raskt gjennom rommet igjen.

Det var det kjedeligste rommet i huset.

Veggene var glatte.

Men det var eldgamle enheter av forskjellige størrelser og former.

De så alle så skremmende ut.

"Jeg skal ha et åpent sinn," sa han. "Men jeg liker ikke smerte. Og jeg vil ikke at du skal presse meg for fort. Det er ingen grunn til å skynde seg. Ok?"

Han nikket.

"Takk for at du var tydelig. Du skal vite at jeg er en veldig tålmodig mann. Jeg har gjort dette i mange år med utallige underdanige kvinner. Jeg presser aldri hardere med mindre hun er klar."

Disse ordene sendte en merkelig følelse opp i ryggraden til Cristina.

Jeg kunne ikke slutte å tenke på uttrykket «underdanige kvinner».

I løpet av et øyeblikk innså hun at hun godt kunne være i samme posisjon som de "underdanige kvinnene".

«Ok,» nikket hun. "Takk. Så hvordan skal vi begynne?"

Paul reiste seg og gikk sakte rundt i rommet og så på hvert av enhetene mens Cristina satt i en anstendig stilling.

Han så på hver enhet på en måte som gjorde Cristina nervøs.

"Har du noen gang vært bundet opp før?" spurte Paul.

Cristina ristet på hodet.

"Åpenbart ikke."

"Vil du være det?"

"Vet ikke."

Han gestikulerte mot trebordet.

"Hvorfor ikke prøve?"

«Jeg vet ikke,» trakk hun nervøst på skuldrene.

"Er dette for mye for deg? Jeg trenger å se noe for inspirasjon. Å se deg sitte der kommer ikke til å hjelpe meg mye."

Cristina reiste seg sakte og trakk pusten dypt.

"Jeg skal gjøre hva du vil."

"Er du sikker? Cristina, jeg vil ikke at du skal gjøre noe du ikke er komfortabel med. Jeg kan finne andre måter å betale deg på."

Hun trakk pusten dypt igjen.

"Nei, det er jeg sikker på. Vi kom til enighet om å modellere, og jeg har tenkt å gå videre."

"Er du sikker?"

"Ja, helt."

«Så legger du deg ned», sa Paul og pekte mot trebordet.

Bordet så smertelig ubehagelig ut.

Det så gammelt og rustikk ut.

Men den var lav nok til at en person lett kunne ligge på den.

Det var gamle metallstenger på hver side av bordet, noe som ga Cristina en ubehagelig følelse.

Han la følelsene til side og lente seg tilbake på bordet.

Det var smertefullt og ubehagelig som hun forventet.

Hun var overbevist om at bordet var designet for tortur, ikke nytelse.

Han lurte på hvordan noen kunne ha glede av noe slikt.

Han la seg midt på bordet og så rett i taket.

"Jeg skal knytte håndleddene dine," sa han og stilte seg over hodet hennes.

Hun forble stille et øyeblikk mens hun så på Pauls skikkelse som sto over henne.

"Ok," svarte hun og holdt opp håndleddene. "Framover."

Paul tok forsiktig håndleddene hennes og førte dem til metallstangen på bordet.

Baren var kald som hun forventet.

Teksturen mot huden hans var ikke veldig glatt, noe som var et tegn på at stangen ble laget for lenge siden, før moderne maskineri.

Han kjente at håndleddene ble bundet til stangen med et tykt tau.

Cristina gadd ikke å se.

Hun holdt blikket i taket.

"Gjør det vondt?" spurte.

"Jeg er ikke i form."

Skrittene hans ble hørt i hele rommet.

Cristina brydde seg ikke om å se på Paul.

Men han lurte på hva Paulus måtte tenke.

Å se henne i en pen kjole, med håndleddene knyttet, må være spennende for Paul, tenkte han.

«Fortell meg igjen,» sa han. "Hva er grensen din?"

Hun svelget.

"Bare ikke gjør meg vondt."

"Kan jeg åpne kjolen din?" spurte han med en myk stemme.

"Nei, ikke det."

«Da har du vel andre grenser», svarte han med en liten følelse av moro.

"Jeg antar."

"Kan jeg ta på deg?" spurte. "Det er helt greit hvis du nekter. Men siden vi har kommet så langt, og du ser absolutt attraktiv ut."

«Hvis du vil», svarte han engstelig.

"Det handler ikke om hva jeg vil. Det handler om hva du er komfortabel med."

Han slet med tankene sine et øyeblikk.

"Jeg er komfortabel med det. Det er greit. Fortsett, hvis du vil. Jeg mener, jeg er komfortabel med det."

"Er du sikker, Cristina? Jeg vil ikke legge press på deg hvis du ikke er komfortabel."

"Så lenge du vet..."

"Så lenge jeg kompenserer deg økonomisk?" spurte han halvt underholdt.

Tonen og fraseringen hans fikk Cristina til å føle seg enda mer ukomfortabel.

"Ja," svarte hun.

"Du trenger ikke bekymre deg for det".

Cristina forventet en mer sarkastisk vits som svar, men Paul var ferdig med å snakke.

Han gikk mot henne mens hun fortsatte å ligge på bordet.

Cristina så at han så på kroppen hennes.

Hun var tydelig nervøs.

Hun visste ikke hva han planla.

Øynene hans koste seg og streifet over kroppen hennes.

Til slutt ble det bestemt.

Og han gjorde sitt trekk.

Paul strakte seg ned og berørte Cristinas kne.

Det var en plutselig berøring som overrasket henne.

Hun grøsset.

"Går det bra, Christina?"

"Jeg har det bra. Jeg hadde bare ikke forventet det."

Han gled hånden lenger nedover låret hennes.

Hånden hans gled dypere til den var under det gule skjørtet hennes.

Det gjorde Cristina ukomfortabel, men det fikk henne også til å pirke mellom bena.

Øynene hans forble fokusert på taket.

"Har du noe imot at vi fortsetter videre?" spurte. — Vi har allerede kommet så langt.

"Fortsett. Jeg bryr meg ikke."

"Er du sikker?"

"Jeg er sikker."

Paul løftet Cristinas skjørt og dyttet henne opp.

Trusene hennes ble avslørt.

Paul gled hånden under trusene til Cristina.

Naturligvis skalv hun igjen, men behersket seg.

Pauls hånd gned seg i skrittet.

Cristinas kropp og føtter ble spente.

«Du må slappe av,» sa Paul. "Ellers vil ikke dette gjøre mye nytte."

"Vi vil."

Cristina gjorde alt hun kunne for å slappe av i kroppen.

Øynene hans ble liggende i taket.

Hun følte seg for flau til å se på Paul.

Hun lot ham rett og slett kjærtegne skrittet hennes.

Hun gispet mens Paul lekte med kliten hennes.

Det var et trekk jeg ikke hadde forventet.

Hans naturlige instinkt var å strekke ut hånden og skyve bort hånden til Paul, så dekke seg til og deretter slå Paul over ansiktet, men tauene rundt håndleddene hans var stramme.

Hun rykket forsiktig, men til ingen nytte.

"Prøver du å komme deg ut?" spurte Paul. "Hvis du vil gå ut, bare fortell meg, så skal jeg løse deg med en gang."

"Jeg beklager. Det var et knekast."

"Vel, ikke reager slik. Det er ikke den reaksjonen jeg vil ha."

"Det er greit, jeg beklager."

Pauls fingre beveget seg i en rasende sirkelbevegelse over hennes hovne klitoris.

Cristina hadde ikke noe annet valg enn å gispe.

Hun var for sjokkert til å inneholde følelsene sine.

Fingrene stoppet ikke.

Det var en fin fornøyelse.

Hun lukket øynene og nøt Pauls nytelse.

Det var en prikkende følelse som strømmet gjennom kroppen hans.

"Jeg kan fortelle at du er nær," sa han. "Slapp av. Det er nesten over."

Med øynene fortsatt lukket tillot Cristina seg selv å nyte Pauls fingre mens de gledet seg over den delikate lille klitorisen hennes.

Det gikk øyeblikk før Cristinas fingre stivnet.

Korte gispende lyder slapp ut av leppene hans.

Øynene hans klemte seg sammen.

Musklene hans trakk seg sammen.

Det var en orgasme som var velfortjent av alle spenningene i livet hennes.

Til slutt slappet kroppen hennes av og Paul fjernet hånden fra trusa hennes.

Han flyttet kjolen hennes tilbake til riktig posisjon.

Hun klappet Cristina på låret, som om hun hadde gjort noe riktig.

«Du likte det absolutt,» sa Paul da han begynte å løsne håndleddene hennes.

Cristina følte seg frigjort.

Hun reiste seg rett og gned håndleddene, som var litt røde og såre fra tauet.

Den orgasmiske følelsen bidro til å motvirke smerten.

«Jeg likte det», svarte hun. "Det var hyggelig. Veldig hyggelig. Gud, jeg har ikke følt det slik på lenge. Jeg mener, ikke så bra som du gjorde det."

"Jeg er glad du likte det. Det brakte frem mange minner, som vil hjelpe meg med å skrive. Du var en fantastisk liten inspirasjon for meg."

"Jeg er alltid glad for å være til tjeneste."

"Utmerket," sa han enig. "Jeg vil være sikker på å legge til en bonus på sjekken din i slutten av måneden. Jeg tror du har tjent fem tusen dollar ekstra for dette."

Overraskende nok følte Cristina en følelse av skam.

Hun visste at Paul mente det godt.

Han satte pris på de fem tusen ekstra, som var mye mer enn han forventet.

Men en skyldfølelse invaderte henne, som om hun nettopp hadde solgt kroppen sin og sin seksualitet for lettvinte penger.

Det fikk henne til å føle seg uren og skitten.

«Jeg er ikke en hore», utbrøt hun, og så angret hun umiddelbart.

"Jeg sa aldri at du var det."

«Jeg beklager», svarte hun. "Jeg setter virkelig pris på alt. Men jeg har aldri brukt kroppen min slik, vet du, for å tjene penger."

Paul ristet på hodet, skuffet over seg selv.

"Ikke angre. Dette er min feil. Jeg skyndte meg med deg. Jeg burde ikke ha bedt deg om å modellere for meg."

Cristina reiste seg og fikset kjolen.

"Jeg likte det," sa han. "Jeg gjorde det virkelig. Men det var litt rart for meg. Kanskje vi kan gjøre det en annen gang? Bare litt tregere."

"Jeg tror ikke det. Dette er tydeligvis ikke noe for deg."

Cristina ga et sjenert blikk da følelsen av orgasme fortsatt strømmet gjennom kroppen hennes.

«Jeg skal lage lunsjen din nå,» sa han.

"Jeg kan gjøre det selv. Du kan gå."

Hun nikket lydig.

"Jeg er glad vi gjorde dette."

«Jeg også», svarte han. "Men vi bør aldri gjøre dette igjen. Vi sees mandag."

Cristina nikket, vel vitende om at Paul allerede hadde tatt en bestemt avgjørelse.

Det var nå en subtil klossethet mellom dem.

Etter å ha utvekslet noen flere ord, gikk hun og lurte på hva Paul tenkte om henne.

TREDJE DEL
DEN NYE JOBBEN

41

KAPITTEL 12

Senere samme kveld.

Cristina satt ved datamaskinen sin og lette etter måter å skaffe nye kunder på.

Han sendte minst et dusin e-poster til forskjellige selskaper for å markedsføre cateringvirksomheten sin.

Jeg forventet ikke mye respons, men det var verdt et forsøk og jeg hadde ingenting å tape.

Telefonen ringte.

Det var moren som ringte for å sjekke igjen.

De snakket som vanlig, og det var ikke så mye å si.

"Å drive min egen virksomhet er vanskelig," beklaget Cristina.

"Forventet du at det skulle være lett?"

"Jeg vet ikke hva jeg forventet. Jeg har ikke noe imot å jobbe hardt. Jeg elsker å lage mat for andre mennesker. Men herregud, jeg trenger flere kunder."

"Etter min erfaring er business hvem du kjenner," svarte moren hans. "Mye forretninger kommer fra personlige forbindelser. Så gå ut og prøv å møte nye mennesker i stedet for å søke på nettet."

"Gir mening, antar jeg."

"Jeg antar? Når tar jeg feil?"

"Vet ikke."

«Ikke høres så deprimert ut, Cristina,» sa moren. "Mange mennesker sliter med en ny virksomhet. Bare fortsett å prøve."

"Takk mamma."

"Hvordan går det med Paul? Betaler han deg fortsatt pent?"

«Det er komplisert,» sukket Cristina. "Men ja, han betaler fortsatt godt."

"Han virker som en komplisert fyr."

"Du vet ikke halvparten av det."

Det ble en pause i telefonen.

"Har han prøvd noe med deg?" spurte moren forsiktig.

Cristina var rask til å lyve.

"Ingen måte. Selvfølgelig ikke."

"Du kan fortelle meg sannheten. Jeg er her for deg."

"Mamma, han er ikke min type. Hvis han noen gang gjorde et grep, ville jeg slått ham over hodet med det han lagde den dagen."

"Det høres ut som ånden til Cristina jeg kjenner," humret moren.

"Hypotetisk sett, hva om jeg gjorde det? Jeg mener, hvordan ville du følt om det?"

"Hvis Paul gjorde et grep?"

"Ja," svarte Cristina. "Hvordan ville du følt deg?"

Det ble en ny pause på linjen.

"Jeg antar at det er opp til deg. Hvis han ba deg ut, er det din avgjørelse."

"Egentlig?"

"Det er din avgjørelse, Cristina. Men hvis han prøvde å ta på baken din på kjøkkenet, så vil jeg foreslå at du heller litt av den berømte varme sausen over hodet hans."

"Selvfølgelig gjør jeg det," svarte Cristina med en sarkastisk stemme.

"Det virker som du har noe på hjertet."

"Ikke lenger. Takk mamma, du er best. Jeg må forlate deg."

"Farvel jeg elsker deg."

"Jeg elsker deg også mamma."

Samtalen ble avsluttet og Cristina lente seg tilbake i stolen.

Hun tenkte på Paul og orgasmen hun fikk den dagen.

Han husket fortsatt følelsene tydelig.

Hver berøring, hver følelse.

Følelsen av hardt tre mot kroppen hans.

Følelsen av Pauls hånd mot fitta hennes.

Og fremfor alt orgasmen.

Herredømme var aldri hans greie, men det føltes bra.

Han søkte på nettet og søkte etter forskjellige termer.

Det fikk henne til å føle seg som en høyskolestudent igjen mens hun forsket.

Han gjorde flere søk på slaveri og dets gleder.

Hun så på flere bilder.

Det tente henne på igjen og hun gled en hånd nedover trusa.

KAPITTEL 13

På mandag om morgenen.

Cristina gjorde en innsats for å se bra ut da hun dro til Pauls hus.

Hun hadde på seg en blå kjole og håret var godt kammet.

Paul la ikke mye merke til utseendet hennes da han åpnet døren for å slippe henne inn.

"Vi kan snakke?" spurte Cristina. "Om business mener jeg."

"Selvfølgelig."

"Flott. Vent."

Cristina satte maten på kjøkkenet og gikk til den romslige stuen der Paul hadde sittet.

Hun satt foran ham.

"Jeg har tenkt mye i løpet av helgen," sa han. "Om forholdet vårt."

«Jeg også,» sa han, og lot henne ikke avslutte tankene sine. "Jeg tror vi bør avslutte dette. Det er klart for meg at forretningsforholdet vårt er kompromittert. Jeg har allerede begynt å se etter en erstatning for husholdningsbehovet mitt."

Cristina frøs et øyeblikk da nyheten sakte sank inn.

"Hva? Nei. Det var ikke det jeg ville."

"Jeg tror det er til det beste," svarte han. "Du er en lys ung kvinne. Du vil finne din plass i denne verden."

Det forbløffede blikket forble i ansiktet hans. "

Dette var ikke det jeg forventet å høre. "Jeg trodde samtalen vår skulle bli veldig annerledes."

"Hva forventet du?"

"Jeg kom hit for å fortelle deg at jeg var interessert i å fortsette, vet du, det vi gjorde forrige fredag."

Han hevet et øyenbryn.

"Virkelig? Og hvorfor vil du det?"

"Må jeg virkelig si det?"

"Ja."

Hun trakk pusten dypt.

"Det er klart jeg liker å jobbe her. Jeg nyter fordelene. Jeg synes du er en flott sjef, det beste jeg kunne ha. Og det vi gjorde forrige uke, i stua, likte jeg veldig godt. Jeg tror jeg var redd først , men jeg tenkte mye, og jeg ville ikke hatt noe imot om vi fortsatte."

"Interessant."

"Det tror du?" hun spurte.

"Du er ikke så sjenert som jeg trodde. Jeg hadde aldri forventet at du skulle komme og fortelle meg disse tingene direkte. Jeg er imponert."

Hun smilte, "takk."

"Hva bør skje videre?"

«Jeg vet ikke,» trakk han keitete på skuldrene. "Det er opp til deg. Men jeg vil at forretningsforholdet vårt skal fortsette."

"Vær modig, Cristina. Fortell meg hva som skjer videre. Akkurat nå. Jeg vil vite hva du tenker på. Overrask meg."

Hun samlet motet og ga Paul et blikk av besluttsomhet.

Leppene hans strammet seg sammen og nesen krympet litt.

Blikket hennes var festet på Paul, som var stoisk og ventet på at hun skulle gjøre noe dristig.

Cristina reiste seg og børstet kjolen med hendene.

Fingrene hans viklet rundt stroppene på kjolen hennes.

Hun skjøt stroppene til side og forskjøv kroppen, slik at kjolen kunne falle ned på gulvet.

Hun sto foran Paul i sin hvite BH og truser, med den vakre kjolen rundt anklene.

"Hva gjør du?" spurte han følelsesløst.

"Jeg viser min dedikasjon til å jobbe."

"Kanskje du har misforstått meg. Jeg tror ikke dette er den rette veien for deg."

«Du ber meg ikke slutte,» svarte hun. "Og jeg hører ikke deg klage heller."

Pauls øyne streifet over den lettkledde kroppen hennes.

Hun hadde en gjennomsnittlig bygning, litt tynn.

Små bryster og smale hofter.

Det var tydelig at han sjelden trente da muskeltonen var svak.

"Du er ganske attraktiv," bemerket han.

Hun tok av seg kjolen og tok flere skritt frem til hun sto rett foran Paul.

«Her er avtalen», sa han dristig. "Den nye avtalen. Jeg vil være din eksklusive leverandør. Jeg vil også være din modell når du tror det er nødvendig. Du kan få meg til å cum hvis du vil. Hvis jeg føler meg veldig bra, vil jeg gi tilbake tjenesten for gratis."

Han hevet et øyenbryn.

"Vil du gi tilbake tjenesten?"

"Jeg skal få deg til å komme. Gratis. Jeg er ikke en prostituert. Tenk på det som en tilfredsstillelse fra en takknemlig mottaker."

"Det høres ut som et uvanlig forretningsforhold."

"Vi har allerede gått over streken uansett," sa han.

"Jeg må vurdere det."

Cristina strakte seg ned og tok tak i Pauls håndledd og flyttet hånden hans til trusen hennes.

Han tok på utsiden av trusa hennes og gned mellom bena hennes.

"Tenk fort," sa hun. — Ellers trekker jeg tilbudet.

Han ga et halvhjertet smil.

"Den dristige nye Cristina. Jeg liker henne."

"Jeg også."

Paul presset fingrene hardere mot trusene til Cristina.

Hun stønnet ved den varme berøringen.

Hun stønnet enda mer da Paul gled hånden inn i trusa hennes, og rørte ved den nakne fitta hennes.

Hun var spent, og det var ingen tvil om det.

"Du er våt," bemerket han og så på henne.

"Jeg vet."

"Ta av deg BH-en. La meg se deg."

Cristina strakte seg ut for å hekte av BH-en og kastet den på sofaen.

De muntre små brystene hennes ble sluppet.

Brystvortene hennes var rosa og små.

De stivnet raskt fra den kalde luften og åpenbar seksuell opphisselse.

Hun motsto trangen til å dekke til brystene med hendene fordi hun alltid hadde følt seg usikker på brystet hans.

Men hun prøvde å være modig og presset brystet fremover.

"Du liker de?" hun spurte.

"Jeg elsker hver kvinnes bryster. Hver og en er unik og spesiell på sin egen måte. Dine er intet unntak. De er nydelige."

"Takk min Herre."

" Herre?" spurte han retorisk. "Jeg tror du vet hva jeg liker."

"Og hva liker du?" spurte hun engstelig.

"Eiendom."

"Åh..."

Paul brukte begge hendene til å trekke trusene til Cristina til gulvet, og etterlot jenta helt naken, fra topp til tå.

Han reiste seg og tok Cristina i hånden.

«Følg meg,» sa han. "Det er noe jeg vil vise deg."

Han førte Cristina ned gangen mens han holdt henne i hånden på en romantisk måte.

Cristina var nervøs, men hun fortsatte i sitt tempo.

Hun visste at de var på vei mot slaverommet.

Ideen gjorde henne spent og nervøs.

Døren stod på gløtt og Paul åpnet den.

Han skrudde på lysene og de gikk inn.

Luften var kald, noe som gjorde Cristinas brystvorter enda hardere.

Blikket hans skiftet rundt og han lurte på hva Paul hadde planlagt.

"Du har et nytt sett med ansvar," sa Paul. "Jeg forventer fullstendig lydighet. Jeg forventer at du er naken til enhver tid. Forstår du?"

"Ja jeg forstår."

"Bøy deg over bordet," sa han. "På magen din. Jeg skal binde deg. Jeg vil at du skal komme igjen."

"Ja sir."

Cristina så skremmende på bordet.

Det var et annet bord enn det forrige.

Men det virket like ubehagelig og smertefullt.

Treverket så gammelt ut, og metallrammen også.

Det var ingen vits i å klage.

Hun gjorde som hun ble fortalt og la de bare brystene og magen på trebordet.

Det var mer ubehagelig enn jeg forventet.

Treverket var kaldt og stakk i de følsomme brystvortene hennes.

Øynene hans så ned i bakken.

Hun hørte Paul gå rundt i rommet før hun nærmet seg henne.

«Jeg skal binde deg,» sa han. "Slapp av i armer og ben. Dette er en enkel prosess hvis du er rolig."

"Vi vil."

"Er du sikker på at du vil ha dette?"

"Ja," svarte hun.

"Fordi?"

"Fordi jeg vil cum igjen."

Cristina fikk ikke svar.

I stedet kjente hun Paul binde hver av anklene hennes til den kalde metallrammen på bordet.

Det var ubehagelig og litt skummelt.

Hver knute var veldig stram.

Tauet var tykt, noe som gjorde vondt i huden hans.

Den samme prosessen ble gjort på håndleddene deres.

Hver dukke ble bundet til metallrammen på samme måte.

Da han var ferdig, var anklene og håndleddene tett knyttet til bordet.

Hun lå med ansiktet ned med bar mage og brystene presset tett mot treflaten.

Det var en ganske skremmende følelse å vite at hun hadde gitt Paul absolutt makt over kroppen hennes.

Hun var tydelig og fullstendig hjelpeløs.

Noe traff hennes bare bunn.

Det føltes hardt, men samtidig mykt.

Jeg var ikke sikker på hva det var.

Så kjente hun Pauls fingre stramme seg mot rumpa hennes.

"Har du noe imot at jeg tar på deg slik?" spurte han og visste svaret.

"Nei."

"Bra. Jeg liker huden din. Du er veldig øm..."

Pauls hånd streifet over rumpa hennes og kjente hver eneste kurve.

Han masserte hver av bakene hennes med sine sterke hender.

Så kjente han at noe hardt rørte baken hans igjen.

Den hadde en glatt buet overflate.

"Hva er det?" hun spurte.

"Det er en vibrator. Har du noen gang brukt en før?"

"Nei."

"Vil du føle det?"

— Jeg er åpen for det.

"Flink pike."

En summende lyd hørtes plutselig ut i rommet og sendte en risting nedover ryggraden til Cristina.

Øynene hans forble festet i bakken mens han lyttet til den summende lyden.

Kroppen hennes ristet voldsomt i det øyeblikket summingen berørte tuppen av klitoris.

Det var vondt, på en dårlig måte og på en god måte.

Hun prøvde å bekjempe den, kjempet mot tauene, noe som var ubrukelig.

Summingen stoppet.

"Skal vi fullføre dette?" spurte.

"Nei. Vær så snill, nei. Jeg skal slutte å bevege meg."

"Få et grep Cristina."

Summingen kom tilbake da vibratoren ble aktivert igjen.

Han rørte ved kliten hennes, og Cristina gjorde sitt beste for å holde seg i ro.

Hun kjempet mot trangen til å kjempe da hun aksepterte følelsen av vibrasjon mot det mest følsomme området.

Det fikk fingrene til å krølle voldsomt.

Han bet tennene sammen mens han lukket kjeven.

Knyttnevene hans knyttet hardt.

Å få kliten hennes torturert med en vibrator var det siste hun forventet.

Det surret og surret.

Spissen av vibratoren ble holdt mot kliten hennes til hun trodde hun kom til å eksplodere.

Rett før hun skulle skrike i smerte, flyttet Paul på vibratoren og dyttet den inn i fitta hennes.

Det var en surrealistisk følelse.

Det var lenge siden hun hadde blitt penetrert med noe mer enn fingrene.

Vibrasjonen inne i fitta hennes var en blanding av smerte og nytelse.

Paul dyttet og dro dyktig i sexleketøyet.

Cristina gjorde alt hun kunne for ikke å skrike.

"Har du det gøy med dette?" spurte han spøkefullt.

Cristina gispet.

"Jeg ... jeg ... eh ..."

"Ja eller nei?"

"Ja! Gud, ja."

Paul dyttet enheten lenger inn i fitta til Cristina, og fikk henne til å gispe mer.

Han ble nesten andpusten da han kom helt inn i kroppen hennes.

Armene og bena hans trakk i tauene, men til ingen nytte.

Hun ble fanget med den kraftige vibratoren inne i den våte skjeden.

"Er du nær?" spurte.

Hun kjempet for ord.

"Ja nesten..."

"Cum for meg, baby."

Vibratoren ble skjøvet og trukket nådeløst inn i fitta til Cristina.

Hun prøvde å slappe av i kroppen, noe som alltid gjorde det lettere for henne å få orgasme.

Hun gjorde sitt beste for å slappe av skjedemusklene fra strekningen, slik at Paul kunne få viljen sin.

Orgasmen hennes var nært forestående på grunn av vibratoren.

Og det var en orgasme ulik noen jeg noen gang hadde følt før.

Å bli bundet og slått mens en vibrerende gjenstand presset inn i fitta hennes var en potent kombinasjon.

Cristinas tær buet seg videre og nevene knyttet strammere.

Hver muskel i kroppen hans trakk seg sammen.

Gispene og stønnene hennes ble hardere.

"Herregud... Herregud... Herregud..."

Plutselig ble enheten byttet til høyere hastighet og vibrasjonene ble mye sterkere.

Cristina skrek av den kraftige vibrasjonen da hun ble dyttet og trukket inn i fitta.

Hun gråt.

Hun hulket så ukontrollert mens hun nådde klimaks.

En bølge av væske fosset fra innsiden av fitta hennes, skapte rot på bordet og etterlot en sølepytt på det harde gulvet.

Flere støt kom fra kraftvibratoren til væskene stoppet.

Paul fjernet vibratoren fra fitta til Cristina, som laget en høy brummende lyd.

Så slo han den av.

Da skjedeangrepet endelig var over, var fitten til Cristina et dryppende rot.

Våtheten hennes var som en liten orgasmisk elv.

Fiten hennes glitret av vaginale væsker.

Bordet var vått.

Og væskene falt på gulvet som en lekk kran.

Cristina var knapt ved bevissthet da hun sakte kom til ro.

Det var den desidert beste orgasmen hun noen gang hadde opplevd i livet.

Han hørte Pauls skritt nærme seg hodet hans.

Paul bøyde seg ned og kysset håret hennes.

Hun lurte på hvorfor Paul ikke hadde løsnet henne ennå.

«Vi er... vi er... ferdige...» klarte han å snakke.

"Ikke ennå. Husker du løftet ditt?"

"Hvilken av dem?" stønnet hun.

"Du sa at hvis jeg fikk deg til å komme, så ville du gi tilbake tjenesten. Så hvordan føltes orgasmen din?"

«A...jævla...utrolig,» brøt han ut.

Paul smilte til ham.

"Flink jente. Har du lyst til å gi tilbake tjenesten?"

"Ja sir. Skal du løsne meg?"

"Jeg liker deg i denne posisjonen."

Cristina hørte lyden av Pauls bukser som åpnet seg.

Hun visste nøyaktig hva Paul ville.

Han sto fortsatt rett ved siden av ansiktet hennes, noe som betydde at han ikke var interessert i å knulle henne, i hvert fall ikke akkurat den dagen.

Han så opp mens Paul gikk nærmere ansiktet hans.

Hun så den harde kuken hans peke rett på leppene hennes.

Det var tydelig hva han ville.

Med et lystende hjerte åpnet Cristina munnen da Paul tok et nytt skritt frem og gikk inn mellom leppene hennes.

Det var ingen følelsesprosess og ingen tid til å tilpasse seg.

Paul presset rett og slett hoftene fremover slik at Cristina kunne suge som en god underdanig burde.

"Herregud. Du har lepper som en engel," sa han, imponert over hva han kjente på kuken.

Oralsex var aldri Cristinas greie.

Hun var aldri særlig god på det, og det var aldri hennes preferanse å gjøre det.

Men med Paul var hun ivrig etter å glede ham.

Spesielt med den kraftige orgasmiske følelsen som fortsatt strømmer gjennom kroppen hennes.

Hans mangel på ferdigheter var ikke et problem siden kroppen hans fortsatt var festet til bordet.

Paul gjorde alt arbeidet, og dyttet hoftene forsiktig frem og tilbake.

Alt han trengte var en varm munn å knulle med.

Alt Cristina trengte å gjøre var å holde leppene stramt rundt Pauls harde lem og suge.

"Fy, jeg kommer til å komme," knurret Paul. "Og du kommer til å svelge det."

Hans følelse av kommando var spennende for Cristina, av en grunn hun ikke kunne forstå.

Hun kjente Pauls hender gned håret hennes mens hun sugde.

Hun kjente lemmet hans ble enda stivere inne i munnen hennes.

Hun gjorde sitt beste for å bruke tungen på lemmet hans, som hun alltid hadde blitt fortalt føltes bra.

Hanen sank inn i munnen hennes og fikk henne til å kneble.

Gagrefleksen var forferdelig.

Men Paul forestilte seg hvor mye Cristina kunne takle, så han presset aldri for hardt.

Det var tegnet på en profesjonell, tenkte hun for seg selv.

Hun så da Paul strøk seg til orgasme, mens spissen av ereksjonen hans fortsatt var inne i munnen hennes.

Hun holdt leppene tett lukket rundt ham.

Paul knurret mens han strøk henne rasende.

Sekunder senere var tungen hennes dekket av Pauls sperm.

Jet etter jet.

Den hadde en annen smak.

Hun svelget hardt for å unngå at munnen renner over.

Sekunder senere stoppet sædstrømmen og Cristina svelget alt.

"Herregud," sa Paul og trakk hanen ut av munnen hennes. "Det var fantastisk. Hvor lærte du å suge sånn?"

Han bøyde seg et øyeblikk før han reiste seg for å glide opp buksene.

Så bøyde han seg ned for å løsne Cristina.

Da hun ble frigjort, kjærtegnet hun sine egne håndledd og ankler, som hadde mørkerøde merker.

Hun skjønte raskt at hun fortsatt var helt naken og at hun ikke brydde seg lenger.

Hun likte å være naken foran Paul.

"Jeg likte hele opplevelsen," bemerket han selvsikkert.

Paul tok på nakken hennes og kysset pannen hennes, så mer på kinnene hennes.

Til slutt plantet han flere kyss på håret hennes.

"Jeg også. Partnerskapet vårt kommer til å fungere veldig bra. Tenk på alle mulighetene vi kan dele sammen."

"Jeg vet."

"Du er som en sommerfugl som vokser foran øynene mine," sa han.

«Alt er din feil», smilte han. "Nå, hvis du vil unnskylde meg, jeg har laget noe veldig spesielt til lunsj. Du kommer til å elske det. Jeg er sikker på at du har fått opp en appetitt, så det er best å lage det nå."

Cristina reiste seg og gikk naken mot døren.

Det var tillit til vandringen hans.

Hun elsket å være naken.

Det var gøy.

Det dryppet væske nedover bena hennes.

Smaken av cum var fortsatt i munnen hennes.

Så stoppet hun da hun nådde døren, og snudde seg for å se på Paul, stolt over den nakne kroppen sin.

Hun ba ham ikke bekymre seg for rotet i stua, hun ville rydde opp senere.

Det var en del av hans nye plikter.

FORRÅDT

57

KAPITTEL I

Becky hørte nøkkelen klikke i låsen.

Han løp ned trappene, skrudde på lyset i gangen og åpnet døren.

Jack sto der i regnet, hetten trukket over hodet, nøkkelen stoppet i hånden hans mens de mørke øynene hans stirret på henne.

«Herregud, du har kommet», sa Becky fornøyd.

Hun hoppet frem og la armene rundt skuldrene hans og klemte ham , og kjente regnet som dekket frakken hennes sive inn i toppen av de tettsittende klærne hennes.

Hun brydde seg ikke.

Mannen hennes var her, og det var alt som betydde noe.

Hun løste Jack fra sin overstrømmende omfavnelse og la de gjennomvåte hendene hennes på ansiktet hans.

Hans alvorlige uttrykk hadde ikke endret seg.

«Hva er galt?» sa hun.

"Vi må snakke."

Becky kjente at magen hennes strakte seg, men hun gikk til side for å la Jack komme inn og ta av seg de våte støvlene.

Han gikk inn i stuen og gned seg nervøst i armene mens han ventet på at Jack skulle gi ham de dårlige nyhetene, uansett hva det var.

Deretter gikk han inn i stuen, fortsatt med et alvorlig uttrykk i det utslitte ansiktet.

"Gi oss en drink," sa han.

Becky gikk bort til brennevinsvognen og skjenket to konjakk .

Hånden hans ristet da han ga henne et av glassene og han drakk raskt sitt.

Jack nærmet seg sofaen med sokkene ganske fuktige.

Bildet han ga som dette var litt komisk.

Hun ville ha ledd hvis det ikke var for at øyeblikket var ganske anspent.

Han satt på kanten av setet, uten å justere seg, uten å ta av seg frakken mens han forberedte seg på å levere de dårlige nyhetene.

Han tok en stor slurk konjakk før han snakket.

«Hun vet alt om oss,» sa han etter å ha tatt ned brennevinet med et siste sukk.

Becky kjente at knærne ble svake, hjertet raste.

Han skjenket seg enda et glass konjakk.

Han gikk bort til sofaen foran Jack og satte seg ned.

"Som?" sa han etter nok en slurk av den varme væsken.

"Jeg fortalte."

Becky rynket pannen.

"Har du fortalt ham det? Hva i helvete for?"

— Jeg orket ikke mer.

Becky reiste seg.

"Vær så snill og si meg at du tuller, Jack."

Han ristet benektende på hodet.

"Hvorfor vil du fortelle din kone at du er henne utro?"

Jack så opp fra under buskete øyenbryn som fikk ham til å se ut som en rampete valp.

"Jeg kunne ikke se at hun var likegyldig og rolig mens hun fortsatte å skjule vår skitne hemmelighet."

"Vår skitne hemmelighet. Er det alt det er for ham?" tenkte Becky.

«Vel, hva sa hun?» sa Becky og lot som hun ikke hadde hørt den siste kommentaren mens hun gikk frem og tilbake gjennom rommet.

"Hun er villig til å gi oss en ny sjanse. Hvis dette stopper."

Becky sluttet å gå og så på Jacks ansikt.

"Nei? Du mener du og hun er sammen etter å ha fortalt henne det?"

Jack nikket.

"Skal du bare forlate meg sånn? Fordi hun sier det?"

"Hun er min kone."

"Og hva var jeg?"

"Du vet hva dette var. Jeg sa til deg at jeg aldri ville forlate kona mi. Dette var alltid sex mellom deg og meg."

«Du vet hva dette var. Forbi. Det var allerede over i tankene hans. Hvordan kunne han gjøre dette mot meg?

Selv om han hadde sagt at han aldri ville forlate Mary, trodde Becky at hun kunne overbevise ham om at hun virkelig var kvinnen han trengte.

Og det er ikke sånn?

Det virket ikke.

Jack hadde fullført drinken og reiste seg for å gå.

Becky kom bort til ham.

«Er det alt da?» sa hun og stirret på ham. "Du bare slipper det på meg sånn og går bort?"

Jack sukket mens han dyttet henne bort og satte kursen ned gangen.

"Becky, jeg har barn," sa han, irritert nå.

Å nei, han skulle ikke komme seg ut av dette så lett.

Før var alt komplimenter og ertende og erotiske meldinger, med mange kyss på slutten for å holde meg trollbundet.

Det er det alle gjør, for å få det de vil ha.

Så, når de har fått nok, blir de defensive og prøver å bli kvitt deg.

Jacks sanne ansikt viste seg nå.

Hun hadde ikke vært noe mer enn et stykke kjøtt for ham, en lett faen.

Et avskum.

En hore.

Det var slik menn alltid hadde behandlet henne. Jack skulle ikke være annerledes.

" Så hva? Mange mennesker blir skilt nå for tiden. Barna kommer over det. De har fortsatt begge foreldrene," sa hun kaldt.

«De er gutter, Becky,» knipset Jack. "De trenger en familie. Trygghet. En pappa som alltid er i nærheten. Ikke en som dukker opp noen ganger i uken."

Hva med meg? tenkte hun litt egoistisk.

Kvinnen som ikke kan få barn.

Kvinnen som alltid og alltid vil være permanent steril, ute av stand til å gi en mann en familie.

Fenomenet.

Den sjeldne.

Den som bare er bra for å ha det gøy, for å jævla.

Hvem ville egentlig elsket henne?

«Jeg kommer hjem til deg», truet han. "Jeg skal fortelle henne hva vi gjorde. Hvordan du tok meg til skogen i bilen din og knullet meg i baksetet. Hvor barna hennes sitter hver dag på skoleturen. Hvordan du tok meg med til den samme restauranten der du fridde til henne." La oss se om hun ombestemmer seg da."

Jack snudde seg i døråpningen, fingrene forlot panseret han var i ferd med å løfte over hodet.

"Du vil ikke gjøre det".

"Se på meg."

Becky så for første gang et blikk i Jacks øyne som hun hadde sett hos mange menn før.

Avsky.

Hva enn de hadde hatt mellom seg, hva enn hun hadde vært for ham, var borte.

Hun visste at hun aldri ville få det tilbake.

Overleppen krøllet seg da han trakk hetten over hodet og strakte seg ned for å ta tak i støvlene.

Becky kjente varmen forsvinne fra kjøttet hennes, den kalde følelsen av å være forlatt kom tilbake.

Oppgivelse.

Hun hadde kjent det for mange ganger før.

«Du kan ikke bare forlate meg, Jack,» tryglet hun, og kjente den kjente strømmen av tårer komme fra øynene hennes.

«Det er over», brøt han med stemmen tykk av sinne.

"Ikke gjør dette mot meg, Jack. Vær så snill!"

Han knyttet lissene på støvelen og sto oppreist og så på henne fra under hetten hans.

"Ikke kom i nærheten av meg eller familien min igjen. Hvis du gjør det, vil jeg ringe politiet."

Han løftet hånden og slapp nøkkelen i gulvet.

Nøkkelen hadde hun gitt ham i håp om at han skulle se dette som sitt sanne hjem, det han til slutt ville komme til å bo permanent i.

Det var det siste stikket i hjertet hans.

Han trakk døren og tok et raskt skritt mot hagen.

Becky sto på matten, kinnene hennes lyste av tårer i det sterke lyset i stuen, og så på den høye formen hans gå gjennom regnet.

Bort fra henne.

Tilbake til familien hans.

Ut av livet hans for alltid.

KAPITTEL II

Becky så inn i glasset hennes og kjente hodet snurre.

Whiskyen etterlot en sur, bitter smak på tungen hans.

Fingrene skalv over glasset, hun tok det opp og kastet det mot peisveggen.

Det kolliderte med speilet, og fikk glasskår til å eksplodere og deretter fosse ned på gulvet og det tykke teppet.

Hun hoppet av sofaen og marsjerte mot telefonen.

Tårene kom i øynene hennes da hun tok tak i røret, men hun sa til seg selv at hun ikke kom til å gråte mer.

Hun bet seg i leppa og slo bestemt nummeret.

Etter noen øyeblikk reagerte en barsk mannsstemme.

"Hallo?"

«Harry, det er Becky,» sa hun og kvalt fylla med et fnys.

"Becky? Jesus, hvorfor ringer du akkurat nå? Klokken er to om morgenen."

"Jeg beklager. Det er bare... jeg trenger å være sammen med noen."

"Hva? Akkurat nå?"

"Ja."

Han hørte et rasling i den andre enden av linjen, knitringen i Harrys sigaretttørkede hals mens han beveget seg rundt sengen.

"Vekker du meg virkelig for sex midt på morgenen?"

Becky kjente en knute i magen ved ordene hans.

Hva om hun egentlig ikke trengte noen for å tilfredsstille seg selv?

Harry brydde seg imidlertid ikke om det.

Han var bare en typisk mann med bare én ting på hjertet.

Hun stoppet fristelsen til å eksplodere.

"Hvorfor ikke? Det er en like god tid som noen," sa hun, noe opprørt.

— Jeg må opp klokken seks.

"Hva så? Du kan sove i morgen natt. Og du går i det minste fornøyd på jobb i stedet for å gjespe."

"Jeg er knust akkurat nå. Den eneste måten å ikke gå på jobb og gjespe er å få noen flere timers søvn og ikke trene."

Becky klype seg i leppene i frustrasjon og tok tak i sigarettene hennes som var plassert ved siden av telefonen.

Han tente en og tok et langt, dypt drag, så gned han tinningen med tommelen mens han blåste ut den tykke røyken.

"Jeg skal gjøre hva du vil," sa hun, og nikotinen ga henne nok styrke til å prøve å forføre ham.

"Hva?" sa Harry.

"Jeg skal stikke tunga opp i rumpa din. Jeg spiser deg som en mann spiser en kvinne."

Det ble en pause og han kunne kjenne Harry tenke på den andre enden.

Ikke mange kvinner var villige til å spise en manns rumpa og Harry hadde en spesielt følsom anus, tungen hennes hadde evnen til å få hele kroppen til å bøye seg og skrike samtidig.

Det virket imidlertid som om han var veldig sliten i kveld. Selv det var ikke nok til å friste ham.

"Å, Becky. Kunne du ikke ha ringt på et bedre tidspunkt?"

"Jeg tar på meg stroppen min. Jeg skal gi deg en lang, hard knulling. Er det det du vil, Harry? A. Lang. Hardt. Faen."

Harry hørtes nervøs og opprørt ut da han svarte.

Becky visste at kuken hans hadde blitt steinhard under lakenet på hennes eksplisitte, motbydelige sinne.

Men uansett hva jeg prøvde å friste ham med, virket det ikke som om han kom til å rokke seg.

"Beklager, Becky. Jeg må stikke innom. Hvordan var fredagskvelden?"

Becky så askebegeret på salongbordet og stoppet ut sigaretten.

"Du er akkurat som alle menn, ikke sant? Du tror jeg kommer løpende når du sier det. Vel, vet du hva, Harry? Du kan knulle deg selv. Det var din siste sjanse, og du bare blåste av."

"Hva... Becky?"

"Bye, Harry. Dyp søvn hvis du kan. Faen!"

Han slo telefonen på røret.

Becky satt på sengen et øyeblikk, hjertet hennes banket, blodet hennes kokte, en million forskjellige tanker konkurrerte om forrang i hodet hennes.

Hvordan kunne de gjøre dette mot ham?

Og igjen.

Og hvorfor fortsatte hun å la dem gjøre det?

Går i den samme gamle fellen om og om igjen.

Hun visste hva psykiatere ville si.

Du verdsetter ikke deg selv nok.

Hvordan kan hun forvente å motta respekt når hun ikke engang respekterer seg selv?

Vel, det er lett for dem å si.

De vil vite hvordan det er å føle seg som en ludder som lar menn bruke kroppen hennes som en skitten fille.

En mor som skulle knulle kjærestene sine og la datteren være alene hjemme, kald og sulten uten noen å elske henne.

En kvinne som overbeviste henne i årevis om at faren hennes ikke elsket henne.

At han hadde forlatt dem på grunn av ham.

Da sannheten var at han forlot skremt av underkastelsen han ble utsatt for av henne og for livredd til å vende tilbake til hennes terrorvelde.

Becky begravde ansiktet hennes i hendene og lot tårene flomme over håndflatene hennes.

Du forlot meg, pappa.

Hvordan kunne du forlate meg med den psykotisen?

Hun satte seg opp og tvang seg selv til å stoppe tårene.

Tristhet ble til sinne som en bryter.

Faren hans var en jævla feiging.

Som alle menn.

De gikk kontrollert av ballene som svingte mellom bena deres, men de hadde ikke mot til å bruke dem.

Bare en kvinne kunne gjøre det.

Smertene var for mye.

Becky trengte sex.

Det var det eneste som ville roe henne ned.

Sex ville roe smerten han følte inni seg.

Smerte fra å ikke bli elsket og bli avvist, noe som fikk henne til å føle seg som en skitten og engangs hore.

I noen korte øyeblikk, et lidenskapelig kyss, en begjærlig impuls som ville bringe henne til orgasme, og hun ville føle seg helbredet.

Alt bra igjen.

Elsket.

Problemet var bare at det hadde blitt en avhengighet.

Og når det hele var over, etter at mennene dro og kom tilbake til konene sine eller den neste kvinnen som var villig til å spre bena, ville det mørke stedet komme tilbake.

Inntil neste løsning.

Becky orket ikke mer.

Det var nok.

Denne gangen skulle noen betale.

KAPITTEL III

Hevnen er søt.

Eller det sier de.

Becky reflekterte over dette mens hun børstet det lange sorte håret i sminkespeilet.

Hun var naken bortsett fra et par svarte truser prydet med en liten rød sløyfe.

De førti-tre år gamle brystene hennes var like faste som en kvinne som var ti år yngre.

Det var en av de positive sidene ved å ikke kunne få barn.

Hun har beholdt figuren og de flotte sjarmene i lengre tid.

Da børstens bust gled gjennom håret hennes, opplevde hun en ro hun ikke hadde følt på flere år.

Det ble endelig noe i henne.

Han vil ikke lenger være et offer.

Hun slet.

Hun skulle bli en kriger.

S valgte en mørk rød leppestift fra sminken og påførte den forsiktig på leppene, og tilførte litt fylde ved å gi en ekstra millimeter rundt kanten.

Fargen komplementerte hennes mørke hår og olivenhud, og ga henne et litt middelhavsutseende som ikke kunne vært lenger fra hennes britiske arv.

Hun måtte innrømme at det så bra ut.

Hun hadde kanskje litt rasp i stemmen fra all røykingen og en dritt barndom, for ikke å snakke om drikking, men hun visste hvordan hun skulle møte opp for sex.

Den ferdigheten hadde hun lært av moren sin, og da hun skjønte hvor tøffe nordlige jenter var, hadde hun også lært å bruke den til sin fordel.

Sexy jenter hadde makt.

De kunne kontrollere menn med kroppen sin, lukten og et provoserende utseende.

Da Becky tenkte på det, skjønte hun at det var det som hadde tillatt henne å overleve i så mange år.

Han reiste seg og gikk til speilet i full lengde.

Han bøyde hodet til siden og skjønte brystene hennes.

Hun surret med de nymalte leppene.

Ja, hun så god nok ut til å spise noe appetittvekkende.

Og å spise deg også, tenkte han med en sensuell latter.

På sengen lå en rød kjole.

Kort.

Veldig provoserende.

Lav utringning for å vise puppene dine.

Hun skled de bare føttene inn i den og dro den opp langs kroppen.

Hun så seg i speilet, snudde seg og kneppet ham.

Hun beundret det silkeaktige stoffet, rynket i hoftene, som fremhevet hennes typiske timeglassform.

Ved siden av døren sto en rad med høyhælte sko.

Becky gikk bort og la føttene inn i et rødt par.

Fargen i kveld var skarlagenrød.

Rødt for blod og drap.

KAPITTEL IV

Taxisjåføren stoppet utenfor klubben.

Becky la merke til at det var to dørvakter ved dørene.

Hun betalte drosjesjåføren og gikk ut på gatelyset, mens den myke luften berørte hennes bare skuldre mens klubbens musikk dunket under føttene hennes.

Hun lukket drosjedøren og gikk mot inngangen, og la stroppen til den lille røde vesken over skulderen.

Meeting Place var en moderne herreklubb som hadde dukket opp i byen for et par år siden.

Menn i alle aldre kom dit i sine mest trendy dresser, sugende i flasker med aftershave, og prøvde å tiltrekke seg nordlige jenter som strømmet til duften deres som tisper i brunst.

Becky var intet unntak.

Men i kveld hadde hun tankene rettet mot én mann spesielt.

Stedet var en by av aktivitet, opptatt for en midtuke natt.

En sanger opptrådte på scenen på den ene siden av rommet, og baren på den andre var fylt med eldre gutter bøyd over glass øl.

Menn og kvinner satt i et stort område fylt med bord i midten av rommet, pratet og så mot scenen.

Becky gikk til baren og ropte på en kjekk, ung bartender med en enkes toppfrisyre.

«Er Ricky her i kveld?» spurte hun.

Kelneren nikket. "Tilbake."

Becky smilte og gikk bort fra disken, og la merke til at de eldre mennenes øyne hadde flyttet seg fra drinkene til henne.

Han sørget for at de hadde god oversikt over baksiden hans da han forsvant ned en gang som førte til kontorene på baksiden.

Ricky Morris var eieren av fem nattklubber i Maine-området.

Han hadde tjent pengene sine på noen skumle avtaler på nittitallet og åpnet kjeden av herreklubber som umiddelbart hadde blitt en hit blant de sprelske guttene i nord.

Han var også kjent for å jobbe med strippere og prostituerte, forsyne dem med kunder og kutte i fortjenesten deres.

Becky møtte ham for to år siden ved lanseringen av *Lugar de Encuentro* .

Av alle de attraktive kvinnene og pene jentene der den kvelden, var det hun han hadde henvendt seg til.

Kanskje kjente han igjen noe av seg selv i henne, en maskulin egenskap som appellerte til hans ambisiøse og entreprenørskap.

En kvinne som ikke ville bøye seg for pengene og det gode utseendet hans.

En kvinne som ville spille hardt for å få det hun ville.

Becky banket på døren, men ventet ikke på svar.

Da han kom inn i rommet, så han et glimt av kjøtt og luktet den umiskjennelige duften av sex.

En kvinne i midten av tjueårene lå på pulten med bare brystene blottlagt gjennom en kjole som fortsatt var surret rundt livet hennes.

Ricky knullet henne fra stående stilling, svarte bukser rundt anklene, svetten glitret på det barberte hodet hans.

Han snudde hodet ved avbruddet.

"Fan." Han trakk seg bort fra kvinnen og Becky så den store kuken hans, hoven av opphisselse, glatt av kvinnens juice.

Da han så hvem som hadde kommet inn i rommet, sukket han, bøyde seg og dro opp buksene.

Kvinnen ved bordet dekket til brystene, og prøvde å skjule sin forlegenhet med en sensuell latter.

Liten tøs, tenkte Becky og gikk skamløst inn på kontoret.

Ricky festet lærbeltet rundt livet da han ristet på hodet for at jenta skulle gå.

Hun dekket fortsatt til brystene, gled nøysomt av bordet, tok tak i høyhælte sko og gikk ut av rommet.

Ricky gikk rundt skrivebordet og så på Becky ut av øyekroken med rødt ansikt.

Han tok et lommetørkle fra skjortelommen, tørket av pannen og strakte seg ned i en skuff for å hente en sølv sigarettboks.

«Hva skylder jeg gleden?» sa han, åpnet esken og tok frem en farget sigarett.

Han tilbød en til Becky.

Hun holdt øynene på ham mens hun gikk bort til skrivebordet og tok en av sigarettene.

Det var skarlagenrødt.

« Sjekker du kvaliteten på varene igjen?» sa han og plasserte den røde sigaretten mellom leppene.

Ricky smalt de skarpe blå øynene mens han tente sigaretten og holdt deretter opp lighteren for å tenne Beckys.

"Hva er poenget ditt med å avbryte meg, gå inn her uanmeldt?"

Becky inhalerte litt av den tente sigaretten.

Hun drev ut røyken som trakk mot taket i en tynn tråd.

"Jeg ser at du har vært opptatt i det siste."

Hun så ned i bordet med et smil.

Svetteinntrykkene der kvinnens bakdel hadde vært, var fortsatt tilstede på overflaten av glasset.

Ricky satte seg tungt ned.

Becky kunne nesten høre hjertet hennes banke, og blodet fortsatt pumpet rundt i kroppen hennes fra den avbrutte sexøkten.

Han studerte henne nysgjerrig.

"Du er ferdig?"

Becky ristet på hodet.

"Så hva? Jeg legger merke til noe annet ved deg."

Becky presset håret hennes og så på den store fisketanken som glødet bak hodet til Ricky.

Stor fisk i en veldig liten dam, tenkte han skjevt.

Han kunne ha penger og makt over kvinner, men mens han satt der i stolen uten å ane hva som var i ferd med å skje, var han like svak og patetisk som enhver annen mann.

«Det må vel være månedens vær», sa han tørt.

Han tok posen av skulderen og la den forsiktig på glassflaten på bordet.

Ricky så interessert på bevegelsene hans.

Hun gikk rundt skrivebordet og la baken på den harde kanten.

Ricky snurret rundt stolen sin, lente seg bakover og studerte henne.

«Du er i humør», sa han forsiktig.

«Når er jeg ikke det?» svarte hun.

Ricky smilte.

Han elsket det med henne.

Den dristige og villige appetitten på sex.

Spesielt fra en kvinne.

Han fikk ham hardt på sekunder. Becky ventet på å se kuken hans våkne opp igjen mens hun beveget kroppen for å vise frem brystene.

"Du er en hore," sa Ricky. "Ingenting stopper deg, ikke sant? Ikke engang slurvete sekunder på en liten tøs."

"Hun var bare forretten. Jeg er hovedretten. Den ekte sexen."

Becky gikk kjolen oppover låret og gled fingrene mellom bena hennes.

Hun hadde tatt av seg trusa før hun forlot huset, så han hadde lett tilgang til de bare leppene mellom bena hennes.

Han så på Ricky og tok et nytt drag på sigaretten.

Bulen som fortsatte å vokse i buksene hans fortalte henne at han planla å være inni henne i løpet av sekunder.

Fiten hennes ble fuktet ved tanken, forsterket av vissheten om at denne gangen ville tilfredsstillelsen være søtere enn noen annen.

Hun plasserte hendene på glassoverflaten, etterlot seg klissete avtrykk av den musky fitten, og manøvrerte seg til hun ble plassert rett foran Ricky.

Hun plasserte begge hælene på stolens armer og spredte bena for å gi ham full oversikt over hva som var mellom bena hennes.

Opphisselse blinket gjennom Rickys øyne da han så ned og så godteriet skjult under den lille røde kjolen.

"Hva skal jeg med det?" sa han sardonisk og hevet øyenbrynet.

Med albuene på bordet klarte Becky fortsatt å røyke mens hun svarte med et sensuelt smil.

Målløs.

Ricky slo ut sin egen sigarett og knuste den skamløst på glasset.

Han pustet gjennom neseborene, kanskje for å få en velduftende smak av det som skulle komme, og dynket de lange fingrene foran de vakre leppene.

"Jeg skal spise deg til fitta din drypper inn i munnen min."

Becky kjente at vulvaen kriblet da hun knyttet sammen musklene.

Hun hadde alltid elsket en gutt som likte å spise fitte.

Ricky var glad for å mette ansiktet hans i juicen hennes, og gjorde ting med tungen som ville sende ham et annet sted.

Det ville være den mest humane veien å gå, mente han.

En euforisk frykt.

De store hendene hans berørte knærne hennes og han spredte bena hennes enda lenger.

Becky så på ham med dyster fascinasjon og målte opphisselsen i de stålsatte øynene hans.

Han slikket seg lekende om leppene.

Becky smilte bevisst.

Så, før hun rakk å gjøre noe annet, var hodet hans mellom bena hennes og den varme, våte tungen hans jobbet seg inn i henne.

Beckys hode falt tilbake mens hun gispet av glede.

"Å, faen."

Ricky beveget hodet glupsk og slikket hennes klissete kjøtt.

Spis, smak, pust inn dens musky lukt.

«Deilig,» hørte Becky ham si med sin dype Vermont-aksent.

Det var ingen måte han skulle smake noe så deilig som hans søte hevn, tenkte han.

Ricky åpnet glidelåsen i buksene og trakk ut kuken hans, og rykket henne av med raske, harde håndleddslag.

Becky lurte kort på om han foretrakk fitta hennes fremfor den han hadde vært jævla minutter før.

Så bestemte hun seg for at hun ikke brydde seg lenger.

Alle menn var like.

Drittsekker som misbruker horer og suger fitter. Selv om de hadde muligheten til å sende deg til steder du aldri visste eksisterte.

Rickys tunge var guddommelig!

Becky så ned og så den blanke, runde hodebunnen reise seg og falle.

Dette var hans øyeblikk.

Hun trakk pusten og stoppet et øyeblikk, førte så lårene sammen i en rask bevegelse, og låste Rickys nakke mellom bena hennes.

Han ble kvalt og prøvde å bevege seg bort, men uten hell.

Becky strakte seg inn i den røde posen og trakk frem en kniv.

Hun tok tak i håndtaket med begge hender og løftet det over hodet til Ricky.

Han fortsatte å pludre, og tok tak i lårene hennes for å åpne dem.

Men hun klarte det ikke.

Hun kunne ikke la kniven falle på hodet hennes.

Nå som øyeblikket var her, virket det ikke lenger som en fantasi.

Det føltes som et mareritt.

Hun var ikke en morder.

Hun kunne ikke bli noe hun ikke var.

De hadde drept henne inne og hun foraktet dem for det, men å drepe med kaldt blod gjorde henne til noe annet.

Det gjorde henne mindre enn dem.

Becky slapp trykket fra lårene hennes på hodet til Ricky.

Han kom ut av fellen, pesende og gned seg i nakken.

"Sann jævla tispe," skrek han. "Hva spiller du?"

Becky hadde allerede gjemt pistolen i vesken hennes før Ricky spyttet ut sin vrede.

«Jeg tenkte at du kanskje ville prøve noe litt grovt,» gispet han og prøvde sitt beste for å skjule frykten i stemmen.

Ricky dyttet bena fra hverandre og reiste seg.

"Jeg kunne ikke puste!"

Becky fiklet med kjolen hennes og gikk av glassbordet.

Mens han sto, la han merke til tvilen i Rickys øyne.

"Å, kom igjen," sa hun. — Det var litt gøy.

Han klarte å opprettholde et smil mens hjertet banket febrilsk i brystet.

Ricky sa ingenting og søkte etter en slags bedrag.

Han ville være den eneste som ville ha blod på hendene hvis han visste at hun hadde planlagt å drepe ham.

Becky gikk mot ham og lente seg inntil ansiktet hans.

Hun kysset det rødmende kinnet hans og lot den skarlagenrøde leppen hennes være preget på huden hans.

"Jeg har fått nok for i dag. Jeg går bedre," sa hun.

Hun tok opp vesken fra bordet og gikk mot døren.

Hun kunne føle Rickys øyne på henne.

Gjennomtrengende.

Anklagende.

«Vent,» sa han.

Becky stoppet.

Hjertet hans frøs.

Han snudde seg sakte.

Rickys mørke kontur var omkranset av den lyse gløden fra vannet i akvariet mens han ventet på at hun skulle snakke.

"Du vil ha pengene dine," sa han.

Becky rynket pannen.

"Hvilke penger?"

"Jeg betaler alltid favorittjentene mine."

Becky studerte øynene hans.

Hva gjorde han?

"Du har aldri gjort det før."

"Det er på tide at jeg gjør det."

Han tok et sjekkhefte fra skrivebordet.

Han tok en penn opp av skjortelommen og skriblet noe på den.

Da hun brakte den til Becky, kjente hun at den svir i nakken.

Ricky ga ham sjekken.

Becky tok den og så på beløpet.

Førti tusen dollar.

Hun bleknet og så vantro på Ricky.

"For tjenester på grunn," sa han.

Becky så tilbake på den sterke skikkelsen.

Førti tusen dollar.

Han ville betale boliglånet sitt.

Hun kan få en ny bil.

Kom deg flytende.

Kjøp nye klær.

Designer sko.

Ricky smilte ikke da han så henne studere sjekken.

Blikket han ga henne var et bekymringsfullt blikk.

Becky så nervøst inn i de stålblå øynene hans.

Han visste at hun hadde forsøkt å drepe ham.

Han betalte for det.

Ta pengene, la meg være i fred, ikke kom.

Hun ville ikke skuffe ham.

Han klarte et smil og snudde seg for å forlate rommet, mens den skjelvende hånden hans fortsatt holdt den nye formuen.

BEDRE EN TREKANT

Vi tre koset oss på sofaen og så på en cheesy HBO-film.

Jeg var i midten, lente meg mot kjæresten min, Peter, og bestevennen hans, Ricky, som lente seg mot den andre siden av sofaen.

Peter snudde hodet mot oss og kom med en kommentar om at han ikke ville ha noe imot å gjøre det vi hadde snakket om tidligere.

Jeg stirret på fjernsynet og så på at en kvinne hadde sin vei med to menn.

Ricky flyttet seg litt på sofaen.

"Ja, det ser ut som det kan bli gøy." sa jeg bare så på skjermen og humret.

Det neste jeg visste, begynte Peter å kjøre hendene langs sidene mine og strakte seg etter bunnen av skjorten min og rykket i den.

Ricky kom litt nærmere og begynte å gni benet mitt mens han så meg inn i øynene.

Jeg følte at hele kroppen hoppet uten å bevege seg.

Peter satte meg ned og tok av meg skjorta, brystene mine hviler i den svarte blonde-BH-en, brystvortene hardt og presset mot stoffet.

Så presset han kroppen sin mot min, la armene sine rundt ryggen min og med et knips med håndleddet ble brystene mine løsnet.

Peter begynte å suge på puppene mine mens Ricky gled hendene ned til knappen på shortsen min.

Jeg kjente at jeg ble våt da Ricky kneppet opp shortsen min og dro den nedover hoftene og bena mine.

Til hans overraskelse hadde hun ikke på seg truser.

Ricky slikket seg om leppene og flyttet ansiktet nærmere den våte fitten min.

Jeg gispet da jeg kjente tungen hans trenge inn i leppene mine og kjærtegne kliten min, noe som fikk Peter til å suge brystvortene mine hardere.

Jeg gled hendene hans ned til buksene hans og begynte å jobbe med å ta dem av.

Jeg sprer bena enda lenger for å gi Ricky lettere tilgang.

Hjertet mitt begynte å rase da det som skjedde begynte å sette seg i hodet mitt.

Mens Ricky sultent slikket den gjennomvåte fitten min, tok han av seg buksene og trakk seg motvillig tilbake for å trekke skjorta over hodet.

Ricky begynte så å trekke hoftene mine, trakk rumpa min til kanten av sofaen, han reiste seg og jeg så den harde, bankende kuken hans like før han presset den mot leppene mine og gned seg langs den hovne klitorisen min.

Da Peter reiste seg, tok han av seg skjorten og kastet den til siden.

Så klatret han opp på sofaen, hanen hans tommer fra ansiktet mitt, og la det ene bena hans over bena mine.

Jeg stønnet mens Ricky dyttet kuken inn i fitta mi, og fylte meg helt.

Jeg strammet instinktivt grepet rundt lemmet hans.

Jeg stakk ut tungen og strøk den over tuppen av Peters store kuk, lente hodet mitt fremover og la leppene mine rundt det hovne hodet.

Peter lente seg med den ene hånden mot veggen og skled fingrene på den andre inn i håret mitt, og ledet hodet mitt forsiktig mens jeg sugde hanen hans.

Ricky kjørte hendene opp og ned på sidene mine og tok tak i hoftene mine, holdt meg i ro mens han knullet meg.

Stønnene mine var borte i hans.

Jeg begynte å vugge hoftene mine mot Ricky som senket den bankende kuken dypere inn i den stramme våte fitten min.

Jeg begynte å spore innsiden av Peters lår, førte hånden til de spermfylte ballene hans og begynte å massere dem forsiktig, lot dem rulle i den lille hånden min.

Jeg stønnet igjen, munnen min var helt fylt av Peters kuk.

Jeg kunne føle hodet på hanen hans berøre baksiden av halsen min og smake precum på tungen min.

Peter lente seg bakover, hanen hans fortsatt banket av mitt harde sug, og klatret opp av sofaen og tok hånden min i hans.

Jeg satte meg opp og Ricky trakk hanen hans ut av den spente fitten min.

Peter tok meg med til soverommet, satte seg på sengen, tok tak i de slanke hoftene mine og snudde meg.

Ricky sto foran meg og strøk den harde kuken hans mens Peter spredte meg på rumpa.

Ricky tok så tak i hoftene mine og hjalp meg med å balansere mens han hjalp til med å plassere Peters kuk foran det tette lille hullet mitt .

Knærne mine presset mot brystene mine da jeg kjente Peters våte kuk presse mot den stramme rumpa.

Jeg stønnet mens hanen hans sakte trengte inn i rumpa mi.

Ricky dyttet overkroppen min tilbake og gled kuken tilbake inn i fitta mi.

Lent meg tilbake, med armene støttende, rumpa og fitta fylt med kuk, stønnet jeg høyt og bet meg i underleppen.

Smerten og gleden fra den doble penetrasjonen var nesten for mye å håndtere.

Peter gled sin åtte tommers kuk dypt inn i rumpa mi, fylte den helt og begynte så å bevege hoftene.

Hendene hans rundt brystet mitt masserer brystene mine.

Ricky pumpet rasende inn i den varme, våte fitten min.

Pusten hans ble anstrengt og hendene hans på hoftene mine holdt meg på plass.

Jeg klemte meg hardt rundt begge hanene deres, og kjente at mitt eget klimaks begynte å bygge seg opp.

Peters kuk hovnet opp inne i rumpa min mens jeg klemte og han begynte å knulle meg raskere mens han stønnet.

Ricky lukket øynene og begynte å føle den velkjente varmen på kuken hans mens han pumpet den jevnt og trutt inn i fitta mi.

Jeg stønnet med nesten hvert åndedrag, og ønsket å kjenne at de eksploderte inni meg.

Jeg klemte hardere.

Peters kropp begynte å riste under meg da hanen hans eksploderte og fylte rumpa mi med den tykke spermen hans.

Stønnene hennes blandet seg med Rickys og mine.

Han tok armene sine tett rundt brystet mitt da klimakset nådde sitt høydepunkt, og pumpet hanen i sprut inn og ut av den stramme rumpa mi.

Da Peter kom i rumpa mi kjente jeg at mitt eget klimaks begynte å gjøre kroppen min anspent og fitten min trekke seg sammen rundt Rickys spermafylte kuk.

Jeg begynte å bevege hoftene mine i rytme med Rickys bevegelser, og ønsket å komme rundt kuken hans.

Jeg kastet hodet bakover og stønnet så høyt at jeg nesten skrek mens jeg nådde klimaks , med en kuk i hvert hull.

Ricky klarte ikke holde tilbake lenger, han slapp seg løs og fylte fitta mi med sprut av spermen.

Vi skalv begge to, slagene våre ble langsommere og stønn mildnet, klimaksene avtok.

Ricky lente seg fremover, kysset meg mykt og smilte mens han trakk hanen ut av fitten min og hjalp meg opp av sengen.

Peter reiste seg raskt, stilte seg bak meg, slo armene rundt midjen min og kysset meg på kinnet.

Han sa mellom latteren:

"Ja, det var moro, faktisk... "

SLUTT

9 798822 380365 2